Er Mwyn Yfory

Drama gerdd gyda Rhyfel y Degwm yn gefndir iddi

gan

Derec Williams

Penri Roberts

a Robat Arwyn

y Lolfa

Diolch i holl aelodau Cwmni Theatr Meirion am roi o'u hamser a'u dawn, ac i Linda Gittins am baratoi'r trefniannau offerynnol a chyfarwyddo'r perfformiadau.

Diolch hefyd i Charlie Britton, Tegwyn Roberts a Sain am y clawr.

Argraffiad cyntaf: Tachwedd 1998

Hawlfraint Y Lolfa Cyf. 1998

Mae hawlfraint ar y gerddoriaeth a'r geiriau sydd yn y llyfr hwn ac y mae'n anghyfreithlon i atgynhyrchu unrhyw ran ohono (ar wahân i bwrpas adolygu) heb ganiatâd ysgrifenedig y cyhoeddwyr ymlaen llaw.

Rhif Llyfr Rhyngwladol: 0 86243 484 X

Comisiynwyd y sioe 'Er Mwyn Yfory' gan Eisteddfod Genedlaethol Meirion a'r Cylch.

Mae CD a chaset o'r sioe wedi eu cyhoeddi gan Sain:
Er Mwyn Yfory/Cwmni Theatr Meirion/Sain SCD2177 a Sain C2177

Mae modd cael sgript a threfniant offerynnol o'r holl sioe gan:
Derec Williams, Cwmni Cildant, Glasfryn, Llanuwchllyn, Y Bala
ffôn (01678) 540236

Argraffwyd a chyhoeddwyd yng Nghymru gan:
Y Lolfa Cyf., Talybont, Ceredigion SY24 5AP
ffôn (01970) 832 304 *ffacs* 832 782
e-bost ylolfa@ylolfa.com
y we www.ylolfa.com

Cynnwys

Y Sgriw

Corws SATB a dau unawdydd

Robat Arwyn
Penri Roberts
Derec Williams

W
Unawdydd 1 (unrhyw lais)
mp
gwas - gu, gwae - du, Hedd - iw mae by - wyd yn gwas - gu,
mp
Yn gwas - gu a gwae - du ein gwlad;
Hu -

- a - lau sydd e - to'n caeth - i - wo Ein po - bol i dir - oedd y
stad. Ein po - bol sy'n ga - dael y fferm - ydd, Teu -
Unawdydd 2 (unrhyw lais)
mp
- lu - oedd yn chwa - lu. Hedd - iw mae'r Eg - lwys yn gwas - gu
mp

Yn gwas - gu a gwae - du ein byd:
Yn
hawl - io pob cein - iog o'r dde - gwm,
Yn hawl - io'n by - wy - dau i
gyd.
Y bo - bol heb fwyd yn eu bol - iau,
Teu -

- lu - oedd yn ta - lu.
gan gyflymu...
Corws
mf
Yn fywiog ♩= 70
S
A
Hedd - iw mae byw-yd yn gwas - gu, Yn gwas-gu a gwae - du ein gwlad; Hu -
T
B
mf
Yn fywiog ♩= 70
mf
- a - lau sydd e - to'n caeth - i - wo Ein po - bol i dir-oedd y stad. Ein

Chwa - lu, A'r
po - bol sy'n ga - dael y ffer - mydd, Teu - lu - oedd yn chwa - lu,
Chwa - lu,
gwas - gu sydd y - no o hyd.
W gwas - gu, gwae - du. Hedd-iw mae'r Eg-lwys yn gwas - gu, Yn
gwas-gu a gwae - du ein byd; Yn hawl - io pob cein - iog o'r dde - gwm, Yn hawl - io'n by -

- wy - dau i gyd Y bo - bol heb fwyd yn eu bol - iau,
Teu - lu-oedd yn ta - lu, A'r gwas - gu sydd y - no o hyd. Drwy y
f
bli - ngo, a'r caeth - i - wo, Gy - da'r pwy - sau ar ein gwâr,
f
f

Dy - na'r sef - yll - fa, heb o - baith i we - lla.
Mae'r
Eg - lwys yn hawl - io y - chwa - neg o'u siâr.
Dy - na'r sef - yll - fa, heb o - baith i we - lla.
A

pho - peth yn e - nw eu Duw,
(Eu Duw,) Yn
byw,
gwas - gu y we - rin i'r, gwas - gu i'r byw,
byw,
ff
Dy - na 'di gwae - du, Dy - na 'di gwas - gu, Dy - na 'di, dy - na di sgriw!
ff
ff

Dilynaf Di

Dafydd a Rhiannon

391
375

He - ddiw___ yn dy ly - gaid di___ Gwe - laf fflam o la - we - nydd A
fflach o ber - lau drud.
1
He - ddiw,___ ond

i ti ddweud y gair,
Di - ly - naf
Dafydd
He - ddiw___ dwi'n d'a -
di, i ben draw'r byd.
mp
2. Dafydd a Rhiannon (Dafydd i ganu'r llais uchaf)
He - ddiw ond i ti ddweud y gair,
Di - ly - naf di, i ben draw'r

Cytgan mf
byd.
Di - ly - naf di i lawr pob he - ol ac i
mf
lawr pob stryd,__ Pob llwy - byr a ger - ddi di, Di - ly - naf
Mi ger-ddwn ar y cyd drwy
di, drwy ddŵr a thân__ I un - rhyw le f'an - wy - lyd,
Di - ly - naf di,
Di - ly - naf di.

1
f
Di - ly - naf di, i ben draw'r byd.
f
Rhiannon
mp
Hedd - iw___ mae fy ngha - lon i___ Yn dân i'r dy - fo - dol, yn
mp
nef - oedd o hud.

Dafydd
mp
He - ddiw dwi'n d'a -
mp
- ddo - li di, Dwi'n dân yn dy freich - iau, Yn fa - ban yn dy
grud.
Dafydd a Rhiannon
He - ddiw, ond i ti ddweud y

gair,
Di - ly- naf di
Cytgan mf
i ben draw'r byd.
Di - ly - naf
mf
2.
f
di, I ben draw'r byd.
Di - ly - naf
f
di i lawr pob he - ol ac i lawr pob stryd,___ pob llwy - byr a ger - ddi

Mi ger - ddwn ar y cyd drwy
di, Di - ly - naf di, drwy ddŵr a thân,__ I
Di - ly - naf di,
un - rhyw le f'an - wy - lyd, Di - ly - naf
di. Di - ly - naf di i ben draw'r
byd. Di - ly - naf

di i ben draw'r byd.
arafu....
Di - ly - naf di, i ben draw'r byd.
arafu....
mf
mp

Dy Garu o Bell

John Hughes

Robat Arwyn
Penri Roberts
Derec Williams

mp
Ond y - not ti fe we - lais o - baith,______ a chyf - le nawr am fy - wyd
mp
gwell,
p
Ac er nad wyt ti'n syl - we - ddo - li,____
p
mp
fe ge - rais di o___ bell. Tyrd a - taf i, fe
mp
gei di'r byd i gyd, Yn fy llaw__ cei bro - fi nwyd fy nghar - iad;

Gwir ba - ra - dwys fydd ein by - wyd ni,
Heb wy - bod beth yw a - ngen
na dy - mun - iad.
mf
Ond y - no ti fe wel - ais o - baith,
f
a chyf - le nawr am fy - wyd gwell,
mf
Ac er nad wyt ti'n syl - we - ddo - li,
fe ge - rais di o bell.

mp
Mi bro - fais ddoe, heb
mp
weld y - fo - ry'n dod,
Oer - ni mud a dydd - iau du'r an - o - baith,
Gweld bly - nydd - oedd u - nig o fy mlaen,
mf
Ond he - no caf ym - do - ddi
mf
yn dy af - iaith.
f
Ond y - no ti fe we - lais o - baith,
f

ff
a chyf - le nawr am fy - wyd gwell,
f
Ac er nad wyt ti'n syl - we - ddo - li,
mf
fe ge - rais di o bell.
f
Ond y - no ti fe we - lais o - baith,
ff
a chyf - le nawr am fy - wyd gwell,
f
Ac er nad wyt ti'n syl - we - ddo - li,

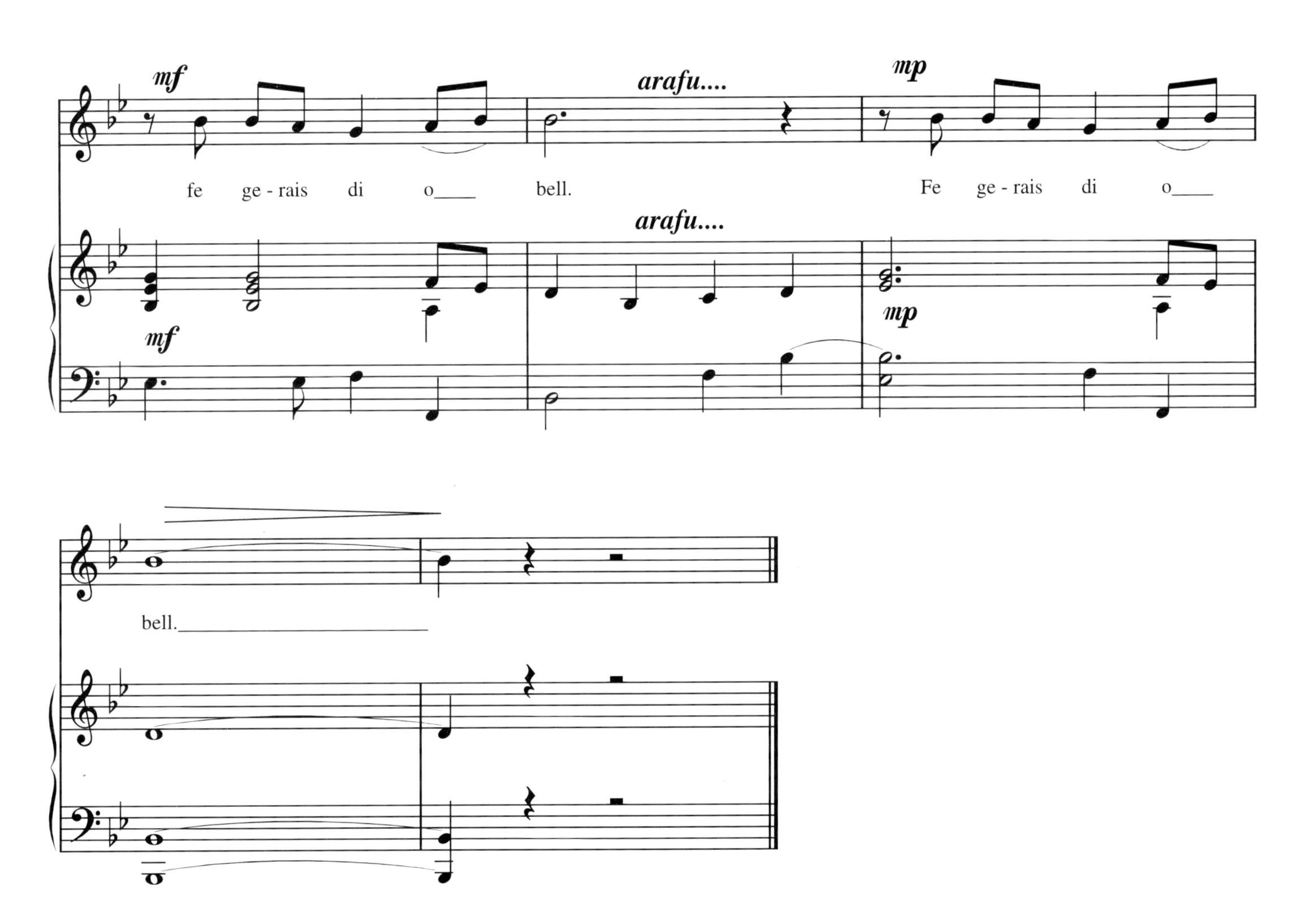
mf
arafu....
mp
fe ge - rais di o bell.
Fe ge - rais di o
arafu....
mf
mp
bell.

Dallt y Gêm

Ap Mwrog

Robat Arwyn
Penri Roberts
Derec Williams

Boed fo - chyn, ce - ffyl, oen neu lo, I lawr daw'r mor - thwyl y try - dydd
tro am y far - gen o - rau drwy y tir. Rhowch i mi......
Winc fan hyn, __ pe - swch fan draw: __ nod ar y pen __ neu go - di llaw.
Dal i mewn? Wel y - dych siŵr. Dy - ma far - gen rhad___ fel dŵr. __

Drwy go - di hwyl a cho - di stêm Ap
Mw - rog sydd yn dallt y gêm!
1
Dwi'm i - sho cly - wed am y

ffrae Rhwng te - nant tlawd a'i ddarn o gae, A'r Eg - lwys sy'n was - tad
i - sho mwy. Na'ch by - gwth chwaith a dwrn a
rheg, Am wr - thod rhoi un darn mewn deg, I Es - gob sydd yn byw ym -
- hell o'r plwy. Rhowch i mi.......
2.

Mae po - li - tics yn hen gy - bôl,___ A dim ond
dyn - ion twp neu ffôl sy'n de - wis un o - chor yn y
stŵr. Wrth bei - dio nof - io e - fo'r lli, Pob dŵr a
ddaw i'm me - lin i, Mi gaf fy ne - gwm, caf yn siŵr. Rhowch

i mi....... Winc fan hyn, __ pe - swch fan draw: __ nod ar y pen __ neu
go - di llaw. Dal i mewn? Wel y - dych siŵr. Dy - ma far - gen
rhad __ fel dŵr. __ Drwy go - di hwyl a cho - di stêm
__ Ap Mw - rog sydd yn dallt Ap Mw - rog sydd yn

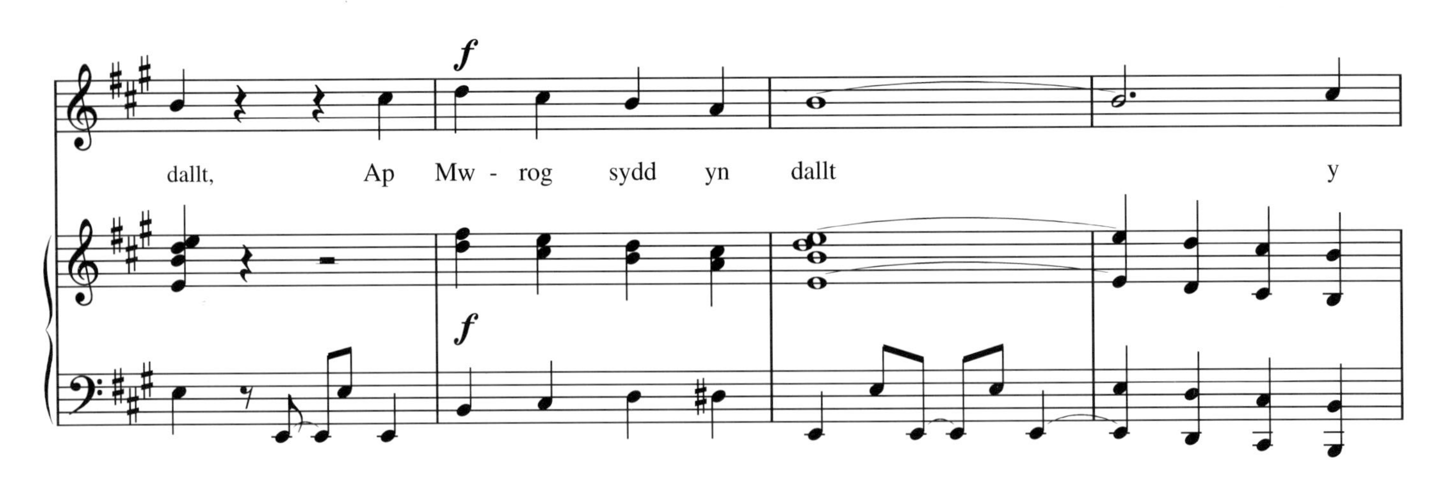
f
dallt, Ap Mw - rog sydd yn dallt y
f

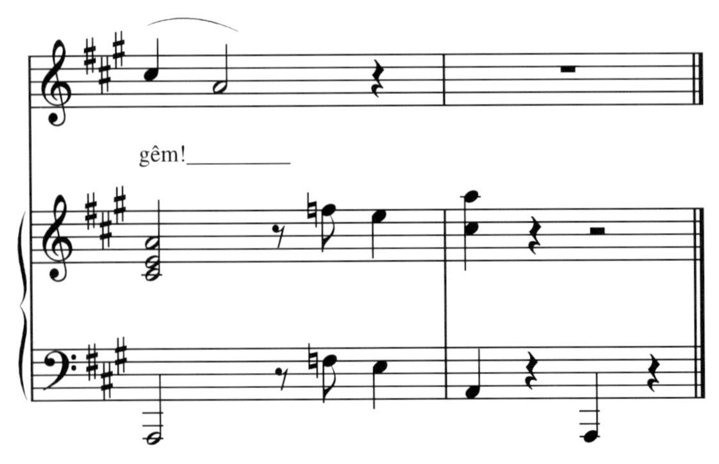
gêm!

Geiriau Gwag

Dafydd

Robat Arwyn
Penri Roberts
Derec Williams

p
ys-bryd a'r sêl am gyf - iawn - der,_______ Y gwei - ddi yr eg - ni a'r hy - der i fyw; Ai
p
hyn yw grym eu gwe-ddi-au,_______ A ffrwyth pob ffydd yn eu Duw?____________ Mor
pp
ddewr wrth dra - fod brwy-dro_____ A'r ym-ffrost wrth sôn am her - io, Pan
pp
ddaeth yr awr__ i weith - re - du Doedd dim___ ond eu geir - iau gwag.

p
Eu
pen-nau yn eu plu,
heb
fed-ru dal ed - rych - iad
Yn cil- io o'r go-leu - ni i
p
nos y c'wil-ydd du.
A
hedd-iw gwel - wyd co - lled,
Gorch - fyg-wyd nawr eu hy- der a'u
balch - der
sy'n deil-chion draw.
mp
Gweld cy- my-dog a'i ei-ddo'n di-fla - nnu,
Y
mp

gam-wedd a'r es-tron yn my - nnu ein dal; Ai hyn yw rhu - ddin ein po - bol?
Hyn sy'n fy ngwneud i yn sâl.
mf
Mor ddewr wrth dra - fod brwy-dro A'r
mf
ym-ffrost wrth sôn am her - io, Pan ddaeth yr awr i weith - re - du Doedd
dim ond eu gei - riau gwag.

mp
Ni fu - es i yn rhan o
mp
ym - gyrch gwŷr y dde - gwm,____ Eu siar - ad gwag mor ddif - las, rwy'n
mf
ddyn yr a - wyr iach. Pob dydd fe af i he - la Ar
mf
dir-oedd rhai sy'n cre - du mai hwy__________ yw'r meis - tri tir.________________ Does dim

de-wis mae'n rhaid i ni ne - wid___ Cy - fun-drefn sy'n ta - gu ein rhy - ddid i fyw. Nid
geir - iau sy'n tan - io'r chwyl - dro, Gweith - re - du______ sy'n ne - wid y byd.
f
Rŵ - an mae'n rhaid__ i ni frwy - dro,
f
Hedd-iw mae'n rhaid_ i ni her - io; Fe ddaeth yr awr___ i weith - re - du, Ac i'r

diawl a'r geir - iau gwag.
i'r
arafu....
ff
diawl a'u geir - iau gwag.
arafu....
ff

Yfory Ddaw

Y Corws (SATB)
Robat Arwyn
Penri Roberts
Derec Williams
Yn herfeiddiol ♩= 132
S
A
T
B
Yn herfeiddiol ♩= 132
mf
unsain
mf
Mae ys - bryd y can - rif - oedd e - to'n
unsain
mf

rhe - deg trwy ein gwaed, A he - no gwe - lwn her - io grym y drefn;___ Daw
holl gam - we - ddau ddoe i a - lw'r gweith-wyr dewr i'r gad, A myn-nwn ddang-os beth yw
as - gwrn cefn. Mewn un - dod, gwrth - wy - ne - bwn, Gy - da

dwrn a nerth y pas - twn, Er mwyn y - fo - ry fe wy -
- ne - bwn beth a ddaw.
A
f
does dim byd a all wa - ha - nu, Gwŷr y tir sydd
f
f

yn hi - rae - thu am y - fo - ry, am gyf - iawn - der,
am yr hawl I fyw mewn rhy - ddid heb y gor -
- thrwm, Heb gae - thi - wed, heb y ddeg - wm, A gwi -

1
-re - ddwn ni y freu - ddwyd, 'fo - ry ddaw!
unsain
mp
O dra - chwant Eg - lwys Lloe - ger fe ddaw tlo - di mawr i'n gwlad, A'i
unsain
mp
mp
flan - ced ddu yn or - chudd ar - nom ni;____ Wrth len - wi bol off - ei - riad gwe - lwn

ddog - ni bwyd y plant, Daw ne - wyn i'n car - tre - fi he - no'n gri. Fe
go - dwn, gy - da'n gi - lydd, Dros ein tir a thros ein
mf
cre - fydd, Er mwyn gweld rhyw 'fo - ry ne - wydd, doed a
mf
mf

2.
ddaw. 'Fo - ry
mf
ddêl.
A
ddaw. 'Fo - ry
ddaw.
ddaw.
mf
ddaw. 'Fo - ry ddaw.
ddaw. 'Fo - ry ddaw. 'Fo - ry
— 'Fo - ry ddaw 'Fo - ry
mf 'Fo - ry ddaw. 'Fo - ry
— 'Fo - ry ddaw. 'Fo - ry
ddaw. 'Fo - ry ddaw.
ddaw. 'Fo - ry ddaw.
ddaw. 'Fo - ry ddaw.

ddaw. 'Fo - ry ddaw. 'Fo - ry
f
-- 'Fo - ry ddaw. 'Fo - ry
f
f
unsain mf
ddaw. Pob ten - ant sydd yn gaeth i drefn a
unsain mf Pob ten - ant
mf
mym - pwy'r meis - tri tir, Ei iau sy'n gwas-gu ein - ioes dan ei draed; Ond
sydd yn gaeth a'i ein - ioes o dan draed, Ond

mynnwn dor-ri'n rhydd a gweld cyf-iawn-der yn ein byd, A thros ein po-bol hedd-iw
myn-nwn dor-ri'n rhydd, a thros ein po-bol co-llwn
co-llwn waed. Mewn rheng-oedd ni fydd il-dio, Pob
waed.
gŵr fydd y-no'n her-io, Heul-wen rhy-ddid ddaw i

wawr - io ar - nom ni. A
f
does dim byd a all wa - ha - nu, Gwŷr y tir sydd
yn hi - rae - thu am y - fo - ry, am gyf - iawn - der,

am yr hawl i fyw mewn rhy - ddid heb y gor -
- thrwm, Heb gae - thi - wed, heb y dde - gwm, A gwir -
- e - ddwn ni y freu - ddwyd, 'fo - ry ddaw.
'Fo - ry

ff
A gwir - e - ddwn ni y freu - ddwyd, 'fo - ry
ddaw.
ff
ff

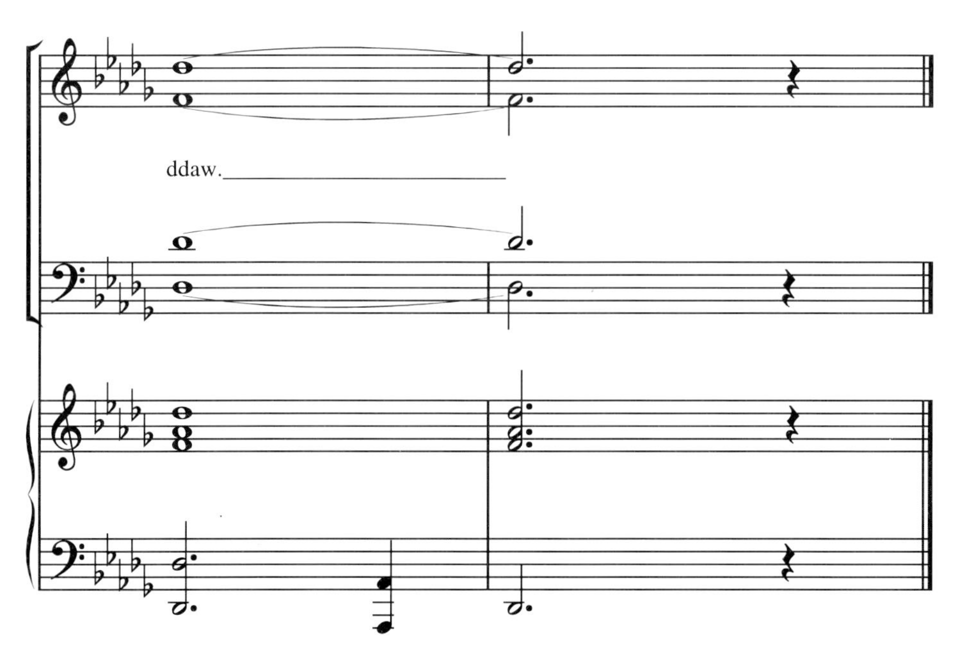
ddaw.

Popeth er dy Fwyn

John Hughes a Dafydd

Robat Arwyn
Penri Roberts
Derec Williams

cy - fan er mwyn gweld dy wên,__ pan fy - ddi di'n ddi - hun. Ac mi
mp
ger - ddaf trwy y ddry - cin,________ Trwy pob tân___________ heb yng - an
mp
cwyn; Trwy_____________ mi - e - ri by - wyd,________ haul neu
law, Fe wna i bo - peth er dy fwyn.
1
Dafydd
p
Does gen i fawr i'w gyn - nig___ i
p

ferch 'run fath a___ thi, Does gen i aur nac ar - ian, na go-baith en - nill__ bri; Ond
rho - ddaf i - ti'r car - iad sy'n fwy na'r byd i gyd, Cu - sa - naf ddag - rau hallt dy rudd_ a'th
war - chod rhag y byd. Ac mi fwyn. Mi
2.
John
mp

Dafydd
mp
Ond dim ond car - iad sydd gen_ i Ac mae fy mho - peth yn
ro - ddaf i - ti'r cy - fan__ sydd gen i yn y byd, Cei gy-foeth, aur a go - lud a
mf
ei - ddo'i ti, A dim ond ang - erdd, ie ang-erdd fy nghar-iad__ i,
mf
phob dy-mun-iad_ drud. Pob dar - lun yn dy freu - ddwyd, gwi - re - ddaf hwy bob un, A'r
mf
mf
Car - iad di - a - mod__ Sy'n ei - ddo i__ ti. Ac mi
mf
cy - fan er mwyn gweld dy wên,_ pan fy - ddi di'n ddi - hun. Ac mi
mf

ger - ddaf trwy y ddry - cin,
Trwy pob tân heb yng - an
cwyn;
Trwy mi - e - ri by - wyd,
haul neu
law, fe wna i bo - peth er dy fwyn.
Ac mi
f
ger - ddaf trwy y ddry - cin,
Trwy pob tân heb yng - an
f

cwyn; Trwy mi - e - ri by - wyd, haul neu
mf
arafach
law, fe wna i bo - peth er dy fwyn. Haul neu law, fe wna i bo - peth er dy
arafach
p
fwyn.

’Run Fath â Ni

Rhiannon, Lowri, Dafydd, ac Ifan

Robat Arwyn
Penri Roberts
Derec Williams

fyd.
Cer - dded rwyt trwy darth y bo - re,
a go - lau'r haul yn gwneud ei
o - re glas,___
Ond mae hi'n bell o dy a - fael o hyd,___

Yn bell o'th a - fael o hyd___
Dafydd
mp
Ond mewn heul - wen a glaw_
mp
___ yn wy-neb po - peth ddaw,___ Mi fy - ddwn ni gy - da'n gi - lydd o hyd.__ A does na
mf
Ond fe ddaw
mf

dydd y gwa - ha - nu, a chw - mwl i'ch bra - dy - chu, ac mae'n rhaid wy - ne - bu,
ddim i'n gwa - ha - nu, a chw - mwl i'n bra - dy - chu, ac mae'n rhaid i chi wy - ne - bu, Y mae
mf
arafu...
Amser 1
fydd hi byth 'run fath â ti.
hi 'run fath â fi.
Ifan mp
Oes mae gen ti ddel - fryd,
arafu...
Amser 1
mp

Oes, a phawb yn un mewn ys - bryd. Gweld y byd trwy
ly - gaid plen - tyn, Cly - wed swyn yng nghân, swyn yng nghân_ pob

de - ryn__ bach.__
Ond pell o'th a - fael o hyd.____
Rhiannon mp
Ond mewn heul-wen a glaw,___ yn wy - neb po - peth ddaw, Mi fy - ddwn ni gy - da'n
mp

mf
gi - lydd o hyd,__ A does na ddim i'n gwa - ha - nu, na chw - mwl i'n bra - dy - chu, ac mae'n
Ifan
mf
Ond fe ddaw dydd y gwa - ha - nu, a chw - mwl i'ch bra - dy - chu, ac mae'n
mf
arafu...
Amser 1
rhaid i chi wy - ne - bu, Y mae o ______________ 'run fath â fi.
rhaid wy - ne - bu, Fydd o byth 'run fath â thi.
arafu...
Amser 1

Rhiannon
mf
Oes mae gen i 'fo - ry, Oes mae gen i un i'w
Dafydd
mf
Oes, mae gen i 'fo - ry.
mf
ga - ru, gwyn fy myd. Un sy'n de - all beth yw gwerth - oedd,
Oes, mae gen i un i'w cha - ru, Un sy'n de - all

Un sy'n gwy - bod beth yn wir yw nef - oedd serch,__ ac mae o'n a - gos i'm
beth yw gwerth - oedd, Un ____________ sy'n gwy - bod beth, beth yn wir__ yw
ca - lon pob dydd,___ Ac mae'n fy ngha - lon pob dydd___
f
Lowri mf
Ond fydd o
ne - foedd_ serch,__ Ac mae'n fy ngha - lon pob dydd___
f
Ifan mf
Ond fydd o
f

f
Ond mewn heul-wen a glaw,___ yn wy-neb po - peth ddaw __ Mi fy - ddwn ni gy - da'n
byth 'run fath, rhaid wy - ne - bu fydd o byth 'run
f
Ond mewn heul-wen a glaw,___ yn wy-neb po - peth ddaw __ Mi fy - ddwn ni gy - da'n
byth 'run fath, rhaid wy - ne - bu fydd o byth 'run
f
gi - lydd o hyd,__ A does na ddim i'n gwa - ha - nu, na chw - mwl i'n bra - dy - chu, ac mae'n
fath. Fydd o byth 'run fath â ti,
gi - lydd o hyd,__ A does na ddim i'n gwa - ha - nu, na chw - mwl i'n bra - dy - chu, ac mae'n
fath. Fydd o byth 'run fath â ti,

arafu...
mf
mp
rhaid wy - ne - bu, Y mae o 'run fath â fi. Y mae
byth 'run fath.
rhaid i chi wy - ne - bu, Y mae hi 'run fath â fi. Y mae
byth 'run fath.
o 'run fath â fi.
p
Fydd hi byth 'run fath â ti.
hi 'run fath â fi.
Fydd o byth run fath â ti.

Colli'r Cyfan

lla - fur,___ Fe wreidd - iodd yr e - gin yn y gro. Ac
y - ma we - di ty - mor hir o Ae - af, Y Gwan - wyn ddaeth a'i ys - gafn ga - wod
mp
law, A do, fe we - lais i y bla - gur,___ Yn
mp
mf
gaer o gar - iad yn fy llaw. Y - ma yn y bw-thyn hwn_ roedd
mf

mp
mf
mp
p
cys - god, ___ Yn fur rhag gwynt - oedd croes__ y byd.
Y - ma roedd go - fal_ a theim - lad, Teim - lad dio - gel fel ba - ban mewn
crud. Y - ma roedd na ddi - nas o hap - us - rwydd,___ Yn
nodd - fa rhag pob rhyw storm a__ glaw, I - e y - ma roedd ein ha - fan__ a'r

mp
cy - fan yn gaer o gar - iad yn fy llaw.
mp
p
Y - ma ar ael - wyd ein breu-
p
- ddwy - dion, Ein dau mor fyw i her y dydd,
mp
Y - ma ni o - fy - nwn byth am 'fo - ry, Mor ga - darn ein go - baith a'n
mp

ffydd. Y - ma gan fab a merch roedd dar - lun______ A
lun - iwyd gan gar - iad di - ben draw. Y - ma roedd ein nef - oedd__ a'r
mf
cy - fan Yn gaer o gar - iad yn fy llaw. Ond
f
pp Yn arafach, gan gynyddu mewn angerdd..
p
hedd - iw mae'r freudd-wyd hon yn ad - fail,____ A'r ael - wyd yn ddar - nau dan fy

mp
nhraed, Mae crac - iau ym mur - iau___ fy e - naid,_________ A
mp
meth - iant yn lli - fo'n fy ngwaed. Y fi fra - dy - chodd__ fy
ff
ff
nheu - lu, Y fi a'u taf - lodd i'r baw.____ Y
p yn araf, dan deimlad...
fi a fe - thodd__ eu cy - nnal, A he - ddiw__ mae'r cy - fan,
p

arafu...
y - di y cy - fan, Yn gaer o gar - iad yn fy llaw.
arafu...
pp
ppp

Yn Gaeth i'r Cymylau Du

ar fy ngrudd,__ fe deim - lais y car - iad,________
A gwres ei chorff yn fy ann - og i'w myn - wes
p
ir. He - ddiw 'rwy'n se - fyll ar ffordd,____________________________
p
ar ffordd sy'n ar - wain i un - man, He - ddiw cry - man - wyd fy my -

- wyd, He - ddiw di - ffodd - wyd y fflam.
mf
Ni a - llaf weld trwy'r niwl___ sy'n cae - thi - wo'r dy -
mf
- fo - dol,___ 'Rwy'n gaeth___ i hu - a - lau______ y
gor - thrwm yn go - fyn___ pam? Pam fod raid i mi___ wy -
f
f

- ne - bu y - fo - ry, Pam fod yn rhaid__ i mi fyw mewn nos?
Heb - ddi 'my - wyd sy'n o - fer a gwag,___ A'm he - naid yn pyd - ru mewn
mp
ffos. heb y llais, heb y wên, heb y
mp
f
nwyd ang - er - ddol___ fu, Bydd fy my - wyd am byth__ yn
f

p
gaeth i'r cy - my - lau du.
p
p
Fo - ry wy - ne - baf y ferch,_
p
y ferch ry ys - tyr i bo - peth,
Fo - ry cof - lei - diaf an - o - baith,
Fo - ry ga - da - waf hi'n

mf
rhydd;
Ac mewn creu - lon - deb oer__
mf
dad - rith - iaf y cy - fan,______
A'i gwneud hi'n hawdd_
__ i - ddi gre - du a gweld ffo - li - neb ei ffydd.__
f
__ Pam fod raid i mi__ wy - ne - bu y - fo - ry,
f

Pam fod yn rhaid__ i mi fyw mewn nos? Heb - ddi 'my - wyd sy'n
o - fer a gwag,___ A'm en - aid yn pyd - ru mewn ffos. Heb y
llais, heb y wên, heb y nwyd ang - er - ddol__
fu,____________ Bydd fy my - wyd am byth__ yn gaeth i'r cy - my - lau
mp
mf
f

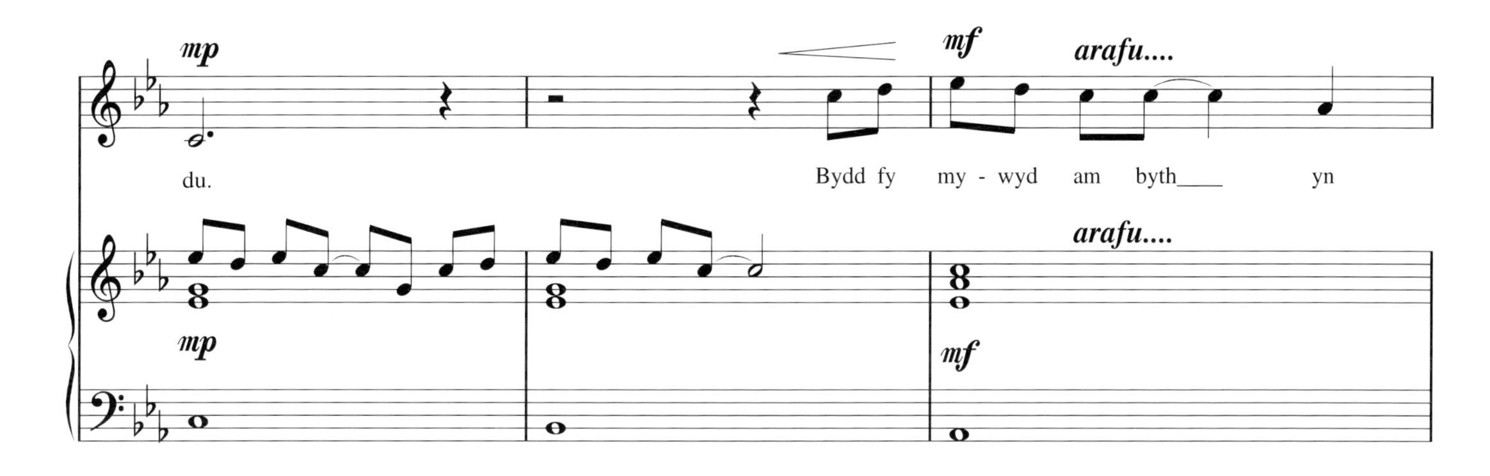
mp
mf
arafu....
du.
Bydd fy my - wyd am byth___ yn
arafu....
mp
mf

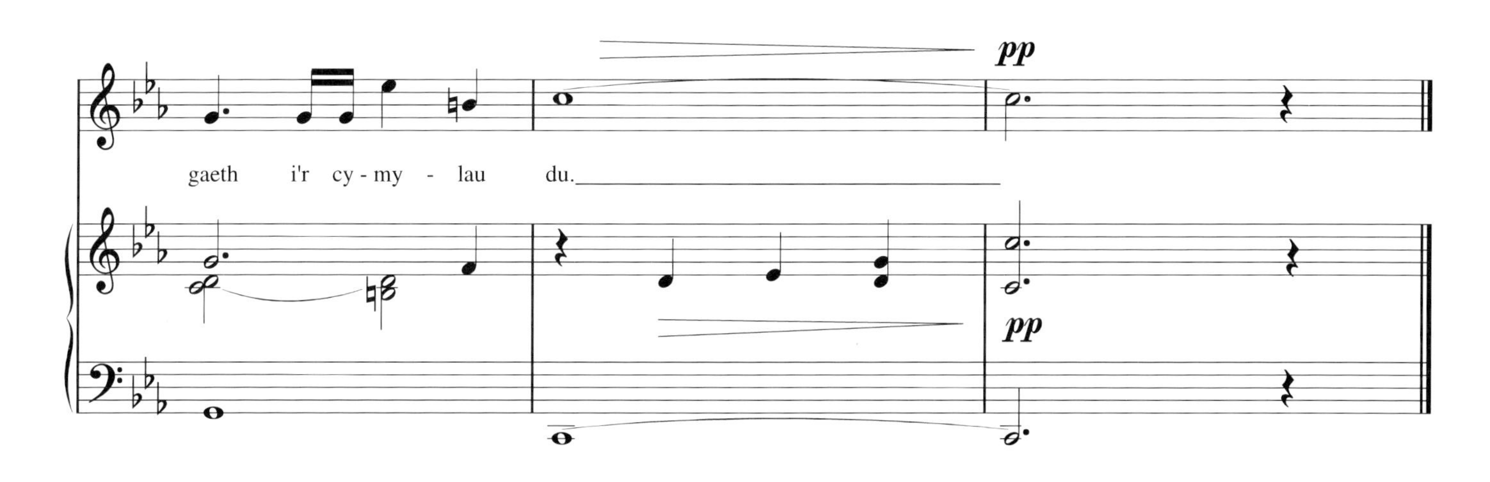
pp
gaeth i'r cy - my - lau du.
pp

Y Gaeaf a Ddaeth

p
Oer yw y dydd,
Main yw y gwynt,
p
Pell yw pel - y - drau mwyn Yr haul ar ei hynt.
mp
mp
mf
Ias yn yr hwyr, Cau mae y nos,
mf
mp
Ba - rrug yn dis - - gyn yn llwyd Dros waen - dir a rhos.
mp

p
mp
Oer - ni fel cledd, ______
To - rri drwy'r cnawd, ______
mf
Da - ngos yn greu - lon _____ i'r byd Dris - twch fy ffawd. ______

yn gynt
f
3
3
ff
Oer - ni fel cledd, E - naid yn gaeth.
Ca - lon 'di rhwy - go yn
yn gynt
f
ff
arafu....
mp
3
3
ddwy.
Oer - ni fel cledd, En - aid yn gaeth,
Ca - lon 'di
arafu....
mp
rhwy - go, Y gae - af a ddaeth.
arafu....
p
Ca - lon 'di
arafu....
p
pp
rhwy - - go'n ddwy, Y gae - af a ddaeth.
pp

Daeth yr Awr

Y Corws (SATB)

Robat Arwyn
Penri Roberts
Derec Williams

haul;
Mae'r gwaed yn goch a llwy-byr y dy-fo-dol i'w we-led yn glir,___ Yr
a-chos yn gyf-iawn, ein hys-bryd sy'n hawl-io'r tir.________
mf
Daeth yr awr i se-fyll dros gyf-
mf
mp
Fe ddaeth yr awr,
(awr ein)
Fe ddaeth yr
-iawn-der, Awr i wei-ddi, awr ein balch-der,

awr, awr i se - fyll, awr i wei - ddi, awr i
He-ddiw gy-da'n gi - lydd yn ein hun-dod gwel-som nerth, I wy - ne-bu grym sy'n gwas-gu y
her - io a wy - ne - bu'r grym a'r poen, Daeth yr awr
we-rin dan draed, I wy - ne - bu her y-fo-ry, Daeth yr awr, I wy -
mf
1
Daeth yr awr.
- ne - bu her y - fo - ry, Daeth yr awr.
mf

unsain
mp
Oes i
unsain
mf
Oes i oes yn ein
oes yn ein gwlad, gwel - som or - iau du ein
gwlad, Gwel - som or - iau du ein tre - chu,
tre - chu, oes o bly - gu glin, or - iau du,
Dydd-iau gwa-saidd oes o bly - gu glin;
Heb fe - ddu dim, can -

is na baw,
hedd - iw law yn llaw.
- rif-oedd yn dae-og yn is na baw,__ Ond hedd-iw fe ger-ddwn i'r stryd-oedd law yn llaw.______ Daeth yr
2.
awr.
unsain
mf
Daeth y dydd, daeth yr
unsain
mf
mf
awr,
Pan wel - wyd gwe - rin gwlad yn se - fyll,______

Se - fyll gy - da'n gi - lydd ar y sgwâr;
Pob un ar dân yn
ba - rod i her - io holl rym-oedd y stad,
Yn ba - rod i ddio - dde'r di - a - ledd a chos - bau'r
wlad.
mp
Fe ddaeth yr
wlad. Daeth yr awr i se - fyll dros gyf - iawn - der,
Awr i

awr, (awr ein) Fe ddaeth yr awr, awr i
wei - ddi, awr ein balch - der, hedd-iw gy - da'n gi - lydd yn ein
se - fyll, awr i wei - ddi, awr i her - io a wy - ne - bu'r
hun-dod gwel-som nerth, I wy - ne-bu grym sy'n gwas - gu y we-rin dan draed,__ I wy -
grym a'r poen, daeth yr awr___ Daeth yr
- ne-bu her y - fo-ry, daeth yr awr,___ I wy - ne-bu her y - fo-ry, Daeth yr
mf

awr.
f
Daeth yr awr i se - fyll dros gyf -
f
mf
fe ddaeth yr awr, (awr ein) fe ddaeth yr
- iawn - der, Awr i wei - ddi, awr ein balch - der,
awr, awr i se - fyll, awr i wei - ddi, awr i
Hedd-iw gy-da'n gi - lydd yn ein hun-dod gwel-som nerth, I wy - ne-bu grym sy'n gwas-gu y

f
her - io a wy - ne - bu'r grym a'r poen, Daeth yr awr,
we - rin dan draed, I wy - ne - bu her y - fo-ry, Daeth yr awr I wy -
ne - bu her y - fo - ry,
3
3
3
ff
Daeth yr awr.
ff
ff

Sefwch yn Llonydd

yn gynt
dac - lus yn dy gôl, Ro - bin O - wen cau dy fa - log, Paid a chra - fu dy ben ôl!
yn gynt
Corws
mf Yn hwyliog
= 122
S
A
Se - fwch yn llo - nydd, pen - y - glin - iau 'fo'i gi - lydd, Rhaid cael ur - ddas yn y pa - pur, pawb o
unsain
T
B
mf
mf
ddif - ri a chy - tûn; Bydd ein ha - nes yn y Fa - ner A'n wy - ne - bau oll yn sy - ber, A bydd

unsain
pawb am byth yn cof - io.....
Beth yw'r
unsain
ne - ges yn y llun.
1
arafu
Ap Mwrog
mp
Ed - ward
arafu
Yn hamddenol a rhydd
I - fans ar y gor - nel, Gwna dy wallt, sgen rhyw - un oel?
Mo - rus, does 'na neb eis - iau
Yn hamddenol a rhydd
mp

gweld dy go - run moel! Ro - bin, tyn' dy law o fan - na, 'Rar- glwydd bach, mae hyn yn straen! Iawn, fe
yn gynt
2.
dri - wn ni fel y - na: Dam - ia! Rhowch eich het - iau 'mlaen!
llun.
yn gynt
Ap Mwrog
arafu
mp
yn hamddenol a rhydd
Ro - bin O - wen, rwyt ti'n ffid - lan, Dal dy ben yn llo - nydd, wa! Tri - a
arafu
yn hamddenol a rhydd
mp

ed - rych ar y cam - ra, Tri - a ddang - os rhyw dra - ha. Po - bol Cym - ru sydd yn dis- gwyl Llun o
yn gynt
ar - wyr di - gy - bôl, Iawn, fe dri - wn ni fel y - na, Dam - ia! Rhowch eich het - iau'n ôl!
yn gynt
Corws
mf Yn hwyliog = 122
S
A
Se - fwch yn llo - nydd, pen - y - glin - iau 'fo'i gi - lydd, Rhaid cael ur - ddas yn y pa - pur, pawb o
unsain
T
B
mf
mf

ddif - ri a chy - tûn; __ Bydd ein ha - nes yn y Fa - ner A'n wy - ne - bau oll yn sy - ber, A bydd
pawb am byth yn cof - io.....
f
Se - fwch yn llo - nydd, pen - y -
f
Se - fwch yn
f
glin - iau fo'i gi - lydd, Rhaid cael ur - ddas yn y pa - pur, pawb o
llo - nydd, Pen - y - glin - iau

ddif - ri a chy - tûn, Bydd ein ha - nes yn y Fa - ner A'n wy-
he - fo'i gi - lydd, Se - fwch yn
- ne - bau oll yn sy - ber, A bydd pawb am byth yn cof - io,
llo - nydd,
unsain
Pawb am byth yn cof - io,
Pawb am byth yn cof - io beth yw'r
unsain

ne
-
ges
yn
y
ff
llun.
ff
ff

Er Mwyn Yfory

Dafydd, Rhiannon a'r Corws

Derec Williams

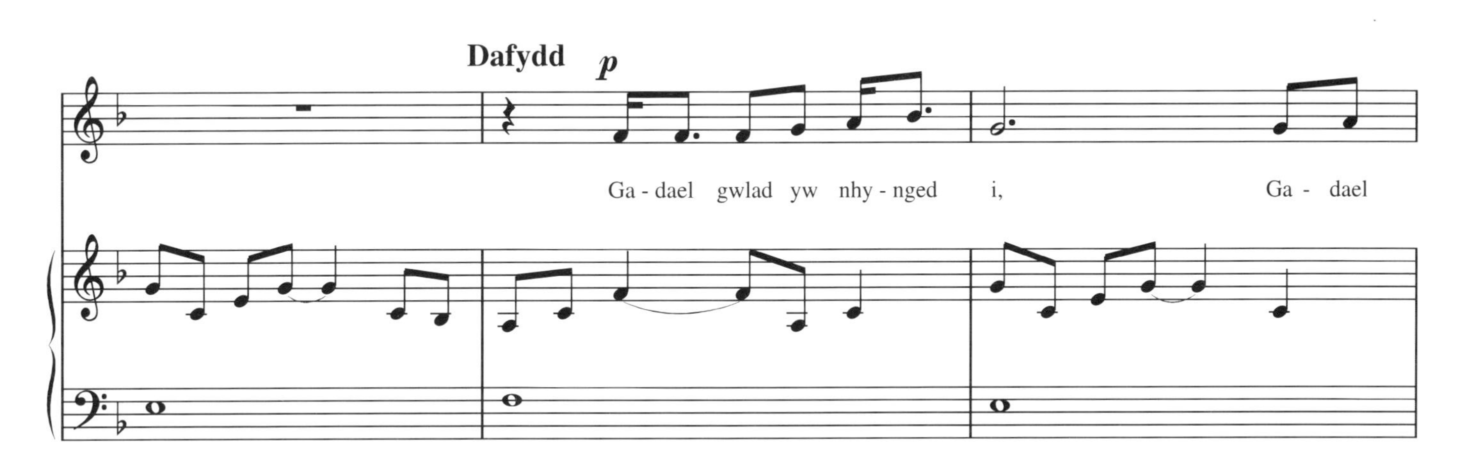

my - wyd Hedd - iw'n ddim ond cra - gen oer.
Ar ddarn o dir fu'n win - llan fach un - waith am - da - naf, O
gor - lan plen - tyn - dod fe ger - ddaf Yn holl - ol am - ddi - fad i'r byd.
pp
Er mwyn ein rhy - ddid, Er mwyn ein hawl - iau, Er mwyn
pp

mf
mp
ed - rych i ly - gaid fy mhlant, Gan wy - bod mai fi a
her - iodd y drefn, Y fi a her - iodd y drefn Er mwyn dy -
- fo - dol Er mwyn cyf - iawn - der, Er mwyn car - iad, a - berth - af y
cy - fan Er mwyn y - fo - ry.

Yn llawn gobaith
S
A
T
B
Mae ein breu - ddwyd e - to'n fyw, Yn ein po - bol mae ein
go - baith; We - di'r dio - ddef ga - llwn we - led Rhyw o -
- leu - ni ar fur - iau pell. Ar ddarn o dir, fe

heu - wn holl o - baith y - fo - ry, i Gym - ru'r dy - fo - dol ei fe - di, i'r caeth - was gael
to - rri yn rhydd. Er mwyn ein rhy - ddid, Er mwyn ein
hawl - iau, Er mwyn ed - rych i ly - gaid ein plant, Gan
mf
mp

mf
wy - bod mai ni,___ a her - iodd y drefn,__ Y ni a her - iodd___ y
mf
mf
Er mwyn
drefn.__________ Er mwyn dy - fo - dol,__________ Er mwyn cyf - iawn - der, Er mwyn
Er mwyn y - fo - ry.___________________
car - iad, a - berth - wn y cy - fan_____ Er mwyn, er mwyn y - fo - ry.
f

Rhiannon
mp
Gy - da thi mae my - wyd i, Yn dy gar - iad mae'r dy -
S
A
T
B
mp
- fo - dol,
Dafydd (llais uchaf)
a Rhiannon
gy - da thi mae fy mreu - ddwyd - ion,
pp
Gy - da thi y mae, mae mreu - ddwyd - ion, ga - llaf
pp

mf
Ga - llaf fyw'n dy gar - iad. di. Gwir-
p
fyw'n dy gar - iad di. Ar ddarn o dir,
p
p
- re - ddwn holl o - baith y - fo - ry, Ein car - iad yn gaer o ga - der - nid, Gy - da'n
W W
mf

f
gi - lydd medd - ia - nnwn_ y byd.
mp
mf
W Er mwyn ein rhy - ddid, Er mwyn ein
mf
Er mwyn ein
mp
mf
mf
hawl - iau, Er mwyn ed - rych i ly - gaid ein plant, Gan
rhy - ddid, Er mwyn ein hawl - iau,

wy-bod mai ni__ a her - iodd y drefn,_ Y ni a her - iodd__ y
Y ni a her - iodd, Y ni a her - iodd y

1
Er mwyn
drefn,_______ Er mwyn dy - fo - dol,__________ Er mwyn cyf - iawn - der, Er mwyn
drefn,_______ Er mwyn dy - fo - dol, Er mwyn cyf - iawn - der,

f
mf
Er mwyn y - fo - ry,
car - iad, a - ber - thwn y cy - fan, Er mwyn, Er mwyn y -
f
mf
f
mf
2.
yn arafach
Er mwyn
- fo - ry, Er mwyn ein - fo - dol, Er mwyn cyf - iawn - der, Er mwyn
fo - dol, Er mwyn cyf - iawn - der,
yn arafach

Er mwyn y-
car - iad,
a - ber - thwn
y
cy - fan
Er

fo - ry,
Y - fo
-
ry.
Er mwyn y-
mwyn, Er mwyn y - fo - ry. Er mwyn y - fo - ry,
Er
mwyn
y -

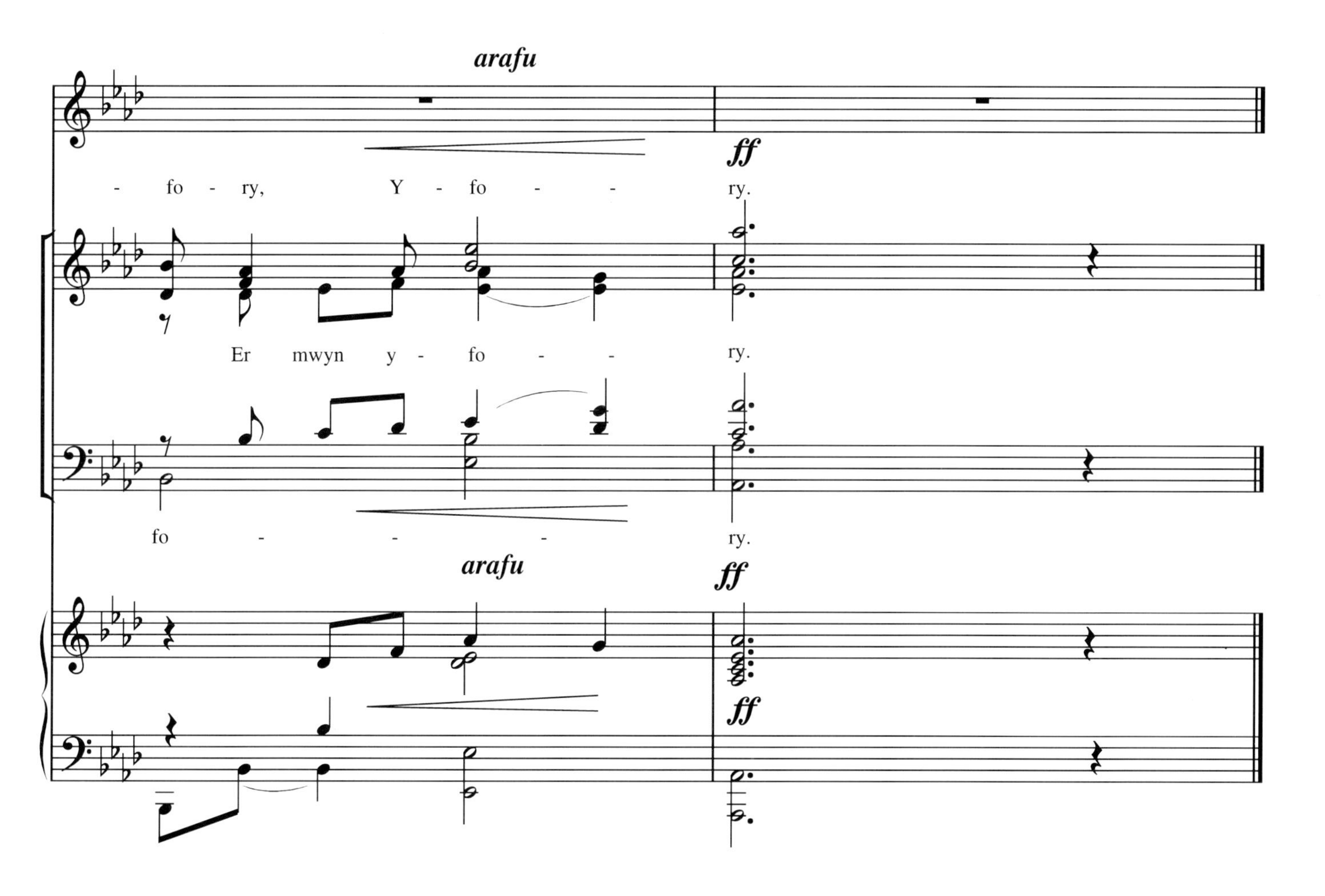
arafu
ff
- fo - ry, Y - fo - - ry.
Er mwyn y - fo - - ry.
fo - - - ry.
arafu
ff
ff

Prif Gymeriadau

Robat Ellis – tenant, gŵr gweddw tua 53 oed

Dafydd Ellis – mab Robat, tua 24 oed

Lowri Ellis – merch Robat, tua 22 oed

Edward Owen – tenant tua'r un oed â Robat

Morgan Owen – mab Edward, cariad Lowri

Ifan Cadwaladr – ficer lleol

Rhiannon Cadwaladr – merch Ifan

John Hughes – stiward y stad

Ap Mwrog – arwerthwr sydd ag amryw o swyddi eraill

Llais Thomas Gee